La Estalactita

ESCRITO POR Valery Voskoboinikov
ILUSTRADO POR Anne Linnamagi

AMSTERDAM   BUDAPEST   NEW YORK

Ésta es una publicación del proyecto Rincón de Lectura de la
Asociación Internacional Step By Step [Paso A Paso]
Keizersgracht 62-64 1015 CS Amsterdam
Países Bajos
www.issa.nl

INTERNATIONAL
STEP by STEP
ASSOCIATION

ISBN 978-1-931854-55-9

PRINTED IN U.S.A.

La Asociación Internacional Step By Step (ISSA)
promueve la calidad en el cuidado y la educación de todos
los niños, basado en los valores democráticos, un enfoque
centrado en los niños, la participación activa de padres
y la comunidad, y el compromiso con la diversidad y la
inclusión. ISSA plasma su misión a través de la información,
educación y promoción de aquellos individuos que influyen
en las vidas de los niños. ISSA aboga por políticas efectivas;
desarrolla estándares; impulsa la investigación y las prácticas
que recomienda la evidencia que estas arrojan; provee
oportunidades para desarrollo profesional y fortalece alianzas
globales. Para mayor información, visite nuestro website:
www.issa.nl

Era el cumpleaños de Mamá y Alex no tenía dinero para comprarle un regalo.

Ni tampoco había dinero para hacer una comida especial.

"No te preocupes, hijito", dijo Mamá. "Lo celebraremos en otro momento".

Pero Alex quería que Mamá festejara ese mismo día.

"Voy a ganar dinero y a comprarle un regalo", decidió Alex.

Cuando Mamá se fue a trabajar, Alex salió.

Todos los adultos caminaban rápido, iban de prisa al trabajo.

Los músicos callejeros tocaban sus instrumentos.

Una niña tocaba la flauta. Otra tocaba el violín.

Y Alex tuvo una idea.

Corrió a casa para buscar una olla y una cuchara.

Volvió corriendo y se paró cerca de los músicos,
golpeando la olla con la cuchara con gran estruendo.

Le gustaba tanto la música que estaba
haciendo que hasta se puso a bailar.

"¡Basta! ¡Estás estropeando nuestra música!", gritó el violinista.

"Estoy ganando dinero para comprarle un
 regalo a mi madre", le explicó Alex.

"Eres demasiado pequeño para ganar
 dinero", lo reprendió el flautista.

"Vete a golpear la olla a otro sitio".

Alex se alejó del lugar, triste, llevando su olla a cuestas.

De pronto, vio un auto estacionado.

Estaba todo salpicado de barro.

Alex tuvo otra idea:

Corrió a su casa, llenó la olla de agua y
jabón, y buscó un trapo viejo.

Volvió al auto y empezó a lavarlo.

Cuando llegara el dueño, le diría: "¡Qué limpio está mi auto! ¿Cuánto te debo, jovencito?"

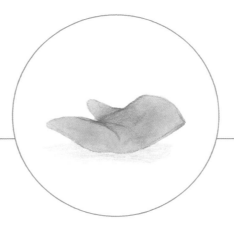

"¡Quítate de ahí!", oyó Alex que le decía una
voz áspera. "¡Aléjate de mi auto!"

Un hombre inmenso se encontraba
ante Alex, mirándolo con furia.

Alex trató de explicarle: "Estoy ganando dinero

para comprar un regalo de cumpleaños para mi…"

"Hazlo en otra parte", lo interrumpió el hombre.

Alex se alejó de inmediato. Del otro lado de la calle, vio que un policía le ponía una multa a un conductor.

Alex tuvo otra idea.

Se paró cerca del policía y agitó la olla. "¡Vengan aquí!" les gritó a los conductores. "¡Tráigannos su dinero!"

Tres autos se detuvieron y tres conductores furiosos le gritaron a Alex.

"¿Qué estás haciendo aquí?"
"¡Vete! ¡Podrían haberte atropellado!"

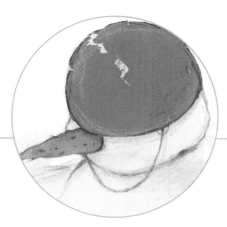

El policía le puso una mano en el hombro a Alex.

"¿Por qué te paras aquí con esa olla?", le preguntó.

"Es el cumpleaños de Mamá", le explicó Alex, "y estoy tratando de ganar dinero para comprarle un regalo".

"¿Dinero?", preguntó el policía. "Tú no necesitas dinero. El mejor regalo es tu amor. Algo que el dinero no puede comprar".

Mientras se alejaba del lugar, Alex no hacía más
que pensar en las palabras del policía.

Todavía tenía muchas ganas de hacerle
un regalo a Mamá. ¿Pero cuál?

De pronto vio una estalactita.

Colgaba de una cañería y brillaba y emitía destellos bajo el sol.

"Es tan hermosa", dijo Alex. "¡Ya sé qué le voy a regalar
a Mamá! A ella le encantan las cosas hermosas".

La estalactita se aferraba con fuerza a la cañería,
pero Alex la tomó suavemente y la desprendió.

Luego, con mucho cuidado, colocó el regalo en la olla.

Mientras volvía a casa a toda velocidad, pasó al lado del policía.

"¡Tengo un regalo para mi madre!", le dijo Alex.

El policía lo saludó con una sonrisa.

Cuando llegó a su casa, Alex puso la estalactita en el congelador.

Al rato, Mamá llegó a casa. "Estoy tan cansada", suspiró.
"Comamos algo rápido y vayamos a dormir".

Sin decir una palabra, Alex puso dos velas sobre la mesa, y
entre las velas, sobre una fuente grande, depositó la estalactita.

"¿Qué es esto?", preguntó Mamá.

"Mi regalo de cumpleaños para tí", dijo Alex orgulloso.

Mama, con gran alegría, tomó la estalactita y la chupó.

"¡Está riquísima!", dijo sonriente.

Luego partió la estalactita en dos, y puso una parte
en su plato, y la otra en el plato de Alex.

Alex y Mamá comieron juntos y chuparon la estalactita.

"¡Muchas gracias", le dijo Mamá a Alex. "¡Este es el cumpleaños
más maravilloso y más delicioso de toda mi vida!".

Made in the USA